Les magiciens ne portent pas de toge

Voici d'autres livres sur les Mystères de Ville-Cartier!

Les avez-vous lus?

Cupidon ne prépare pas de hamburgers

Les dragons ne font pas de pizzas

Les géants ne font pas de planche à neige

Les gnomes n'aiment pas les jeux vidéo

Les licornes ne tirent pas de traîneaux

Les trolls n'aiment pas les montagnes russes

Les magiciens ne portent pas de toge

Debbie Dadey
et Marcia Thornton Jones

Illustrations de John Steven Gurney

Texte français de Jocelyne Henri

Les éditions Scholastic

À Brantley
et
Hannah Rosenfeld
— M.T.J.

À Justin, Christina et Sean Pellman,
des voisins fantastiques
— D.D.

Catalogage avant publication de la Bibliothèque nationale du Canada

Dadey, Debbie
Les magiciens ne portent pas de toge / Debbie Dadey et Marcia Thornton Jones ; illustrations de John Steven Gurney ; texte français de Jocelyne Henri.

(Les mystères de Ville-Cartier)
Traduction de: Wizards don't wear graduation gowns.
Pour enfants de 7 à 10 ans.
ISBN 0-439-97564-6

I. Jones, Marcia Thornton II. Gurney, John III. Henri, Jocelyne IV. Titre. V. Collection.

PZ23.D2127Mag 2003 j813'.54 C2002-904829-X

Édition publiée par Les éditions Scholastic, 175 Hillmount Road, Markham (Ontario) L6C 1Z7.

5 4 3 2 1 Imprimé au Canada 03 04 05 06

Table des matières

1
La magie de l'été

— Hourra! C'est la dernière semaine d'école! crie Paulo en lançant sa casquette, qui atterrit sur une branche du gros chêne.

Paulo et ses amis, Mélodie, Lisa et Laurent, sont dans la cour de l'école Cartier. Les branches du chêne sont chargées de feuilles, mais les enfants distinguent tout de même la casquette bleue. Paulo grimpe dans l'arbre pour la récupérer.

— L'été, c'est magique, parce qu'on peut faire tout ce qu'on veut, déclare Laurent. Moi, j'ai l'intention de lire tout l'été.

— Moi, je me suis inscrite à un cours de tissage au Centre d'artisanat, annonce Lisa en souriant. Je vais te faire un signet.

Paulo saute de l'arbre et atterrit au milieu de ses amis.

— Pas très intéressant tout ça! lance-t-il. L'été, on est censé faire des choses excitantes. Moi, je vais aller au camp de soccer.

— Tu as de la chance; on m'avait dit qu'il ne restait plus de place, dit Lisa.

Paulo ajuste sa casquette sur ses cheveux roux.

— Ma grand-mère m'a inscrit il y a plusieurs mois! dit-il avec un grand sourire. Samedi, je joue dans un tournoi avec les jeunes qui vont au camp. Je serai leur meilleur joueur.

— Je... Je... Je! Tu as l'air d'oublier que le soccer est un sport d'équipe, lui rappelle Lisa en soupirant.

— J'aurais bien aimé y aller, moi aussi, dit Mélodie. Ma mère a téléphoné pour m'inscrire, mais il ne restait plus de place.

Lisa lui tapote l'épaule.

— C'est dommage. Tu pourras venir au Centre d'artisanat avec moi, lui propose-t-elle.

Mélodie secoue la tête tellement fort que ses couettes noires fouettent ses joues.

— Ne t'inquiète pas pour moi, s'empresse-t-elle de dire. J'ai trouvé quelque chose de mieux que le soccer.

— Qu'est-ce qui est mieux que le soccer? demande Paulo, les mains sur les hanches.

— L'escalade de rocher! répond Mélodie avec fierté.

— L'escalade de rocher? répètent ses amis.

— Ouais. Je vais apprendre à escalader les rochers.

— Ça doit être dangereux, dit Lisa.

— Trop dangereux pour une fille, en tout cas, précise Paulo.

— Qu'est-ce que tu veux dire? demande Mélodie, les yeux brillants de colère.

— Tout le monde sait que ce n'est pas un sport de filles, déclare Paulo en haussant les épaules. Pour faire de l'escalade, il faut des muscles et une cervelle.

— Il faut aussi de l'entraînement et de la persévérance, réplique Mélodie en s'approchant de Paulo. Et j'ai tout ce qu'il faut pour devenir une grimpeuse!

Laurent va s'interposer lorsqu'un énorme oiseau se pose sur une branche au-dessus de leurs têtes.

— Est-ce que c'est un faucon? demande Lisa.

— Si c'est un faucon, c'est le plus gros que j'ai jamais vu, murmure Laurent.

L'oiseau saute sur une branche plus basse. Ses serres s'enfoncent dans l'écorce. Il incline la tête et ses yeux ronds comme des billes s'arrêtent sur les enfants.

— Je n'aime pas sa façon de me regarder, se lamente Lisa.

— Moi non plus, avoue Paulo en reculant. On dirait qu'il écoute tout ce qu'on dit.

— Il se demande peut-être si on peut lui faire un bon repas, chuchote Lisa.

— Sauve qui peut! s'écrie Mélodie en s'élançant vers l'école.

Ses trois amis la suivent sans hésiter. Mais ils ne sont pas les seuls. Le faucon pousse un cri perçant, déploie ses ailes et s'envole à leur suite.

— VITE! hurle Laurent.

2
Maggie Sienne

Ils entrent dans l'école en coup de vent et bousculent une inconnue, faisant voler ses livres à la ronde.

— Doucement, les enfants! s'écrie l'inconnue.

Sa robe mauve est parsemée d'étoiles et de croissants de lune. À travers ses verres ronds et épais, ses yeux verts ont l'air de deux grosses olives.

— Excusez-nous, s'empresse de dire Mélodie d'une voix haletante.

Laurent et Mélodie se penchent pour ramasser les livres. À leur grande surprise, les volumes forment une pile nette.

— Juste ciel! Qu'est-ce qui vous a tant effrayés? veut savoir l'inconnue.

Lisa cherche sa respiration et montre la porte du doigt.

— Descendu en piqué… pour manger… un oiseau énorme, réussit-elle à dire.

SORTIE
PRÉPARATIFS POUR LA REMISE DES DIPLÔMES

Les yeux de l'inconnue ont maintenant l'air de deux balles de ping-pong. La dame s'empare de la pierre jaune qui pend à son cou et la serre très fort.

— Tu es descendue de l'arbre en piqué et tu as mangé un oiseau énorme! répète-t-elle d'un ton incrédule. Dans quelle sorte d'école suis-je tombée?

— Non, ce n'est pas ce qu'elle a voulu dire, intervient Laurent en remettant les livres à l'inconnue. Il y avait un oiseau dans l'arbre.

— Il est descendu en piqué, poursuit Mélodie.

— Pour nous manger, termine Paulo.

L'inconnue éclate de rire. On dirait le tintement de clochettes.

— Les petits oiseaux ne mangent pas les enfants, dit-elle pour les rassurer.

Paulo n'aime pas faire rire de lui.

— Ce n'était pas un petit oiseau, rouspète-t-il.

— Sois poli, murmure Lisa.

— Je suis poli, réplique Paulo. Venez plutôt jeter un coup d'œil à ce monstre!

L'inconnue s'avance vers la porte et regarde l'endroit que Paulo lui indique. L'oiseau est juché sur une branche en haut du gros chêne. L'inconnue éclate de rire de nouveau.

— Vous n'avez rien à craindre, dit-elle. Même si ce faucon majestueux est un oiseau de proie, les enfants ne font pas partie de son régime alimentaire.

Elle fait un geste de la main pour signifier qu'il n'y a pas à s'en faire. À l'instant même, une brise fait bruisser les feuilles de l'arbre. Le faucon agite ses plumes, étend ses ailes et prend son envol. Il passe si près de la porte que les enfants peuvent voir clairement ses yeux noirs qui les regardent. Puis, d'un claquement d'ailes, l'oiseau disparaît.

— Vous voyez, il n'y a pas de raison de vous inquiéter, constate l'inconnue.

— Je m'appelle Lisa et voici mes amis, Laurent, Mélodie et Paulo, dit Lisa en tendant la main.

Mais, lorsqu'elle voit la pierre pendue au cou de l'inconnue, sa main s'immobilise. La pierre est de la même couleur que les yeux d'un chat et semble la regarder. Lisa fait un pas à droite et un pas à gauche. L'œil suit chacun de ses mouvements.

L'inconnue ne semble pas remarquer le comportement de Lisa.

SORTIE

— Je suis ravie de vous connaître. Je m'appelle Mme Sienne. Maggie Sienne. Je suis ici pour suivre une formation de directrice adjointe.

— Pourquoi? lâche Paulo. Est-ce que le directeur est malade?

— Bien sûr que non, s'empresse de répondre Mme Sienne en souriant. J'espère obtenir un poste de directrice l'an prochain, et M. David a accepté de m'enseigner tout ce qu'il sait. De plus, la préparation de la cérémonie de remise des diplômes lui prend beaucoup de son temps. Je peux l'aider de diverses façons. Et pour commencer, je compte m'assurer que les élèves sont à l'heure.

D'un geste de la main, Mme Sienne les invite à gagner leur classe. Avant de partir, Lisa jette un dernier coup d'œil au pendentif. Puis elle lève les yeux et rencontre ceux de Mme Sienne qui ont l'air encore plus gros.

— N'oublie pas, la prévient cette dernière. Je vous garde à l'œil, toi et tes amis!

3
Mortimer

Mme Lefroy, l'enseignante de troisième année, est en train d'écrire des problèmes de multiplication au tableau quand les quatre amis s'assoient à leur pupitre.

— Pas encore du travail! grogne Paulo. L'école est presque finie. On devrait être en récréation toute la journée et toute la semaine.

— Chut! fait Mélodie, un doigt sur les lèvres.

Elle se tourne vers l'enseignante pour s'assurer qu'elle n'a rien entendu.

Mme Lefroy n'est pas une enseignante ordinaire. En fait, la majorité des enfants croient que c'est une vampire de Transylvanie, et que la broche verte qu'elle porte au cou a un pouvoir magique. Ils n'osent pas la mettre en colère. Bien entendu, Paulo ne fait pas partie de la majorité.

Il agite la main pour attirer l'attention de Mme Lefroy.

— La tête de Laurent me cache le tableau, dit-il. Alors, je ne peux pas faire les problèmes de mathématiques.

Il se croise les bras, se laisse glisser sur sa chaise et sourit de toutes ses dents.

Mme Lefroy le regarde de ses yeux étincelants, puis sourit de son étrange demi-sourire.

— Prends la place de Morti, dit-elle avec son accent de Transylvanie. De là, tu pourras voir le tableau.

— Mais Morti a besoin de son pupitre, proteste Paulo.

— Non, pas aujourd'hui, ni le restant de l'année, réplique Mme Lefroy.

Les élèves regardent le pupitre inoccupé à l'avant de la classe, celui où Morti a l'habitude de s'asseoir. Morti n'est pas un mauvais garçon, mais il a tendance à exaspérer les gens. Il a la mauvaise habitude de mordiller la gomme à effacer de ses crayons et est le champion des rapporteurs.

— Où est Morti? s'informe Lisa, tandis que Paulo se dirige vers l'avant de la classe en se traînant les pieds.

— Il paraît qu'il s'est envolé, dit Mme Lefroy en haussant les épaules et en se tournant vers le tableau.

— Je suis content qu'il soit parti, marmonne Paulo en ricanant. Il ne sera plus là pour me dénoncer. Bon, c'est le temps de faire un mauvais coup.

— Tiens-toi tranquille et fais tes maths, dit Mélodie à voix basse quand Paulo passe à côté d'elle.

C'est bien la dernière chose que Paulo a envie de faire.

Il jette un regard circulaire sur la classe. Tous les enfants ont la tête penchée sur leur travail. Mme Lefroy est occupée à noter des copies. Paulo racle le plancher avec la semelle de sa chaussure. Le grincement attire l'attention de quelques élèves, qui reprennent aussitôt leur travail.

Paulo inspecte l'intérieur du pupitre de Morti. Il n'y a pas de livres, seulement des bouts de papier et quelques crayons. Il s'assure d'abord que Mme Lefroy a le dos tourné, puis il met des crayons sous sa lèvre supérieure pour simuler deux longs crocs. Il regarde Karine jusqu'à ce qu'elle lève les yeux. Mais elle lui jette un coup d'œil indifférent et se remet au travail.

Personne ne lui prête la moindre attention. Il est forcé d'employer les grands moyens. Il tâte le fond du pupitre et trouve exactement ce qu'il lui faut dans un coin. Une poignée de gommes à effacer que Morti a mâchonnées.

Il les aligne sur le pupitre et, d'une pichenotte, les projette un peu partout. Les petites bombes gommées volent dans tous les coins.

Plop! Une se pose sur le pupitre de Lisa.

Ping! Une autre sur le livre de mathématiques de Laurent.

Toc! Une troisième atterrit sur la tête de Mme Lefroy.

Mélodie est estomaquée. Lisa ferme les yeux. Le visage de Laurent est blanc comme sa feuille de papier.

70
×33
45
×58
62
×26
36
×18
17
×15

L'enseignante retire la gomme de sa longue chevelure rousse. Ses yeux jettent des étincelles. Elle touche sa broche verte.

— J'en ai assez, déclare-t-elle d'une voix calme, mais assez fort pour que tous les élèves l'entendent. Va immédiatement au bureau du directeur.

Paulo se lève et sort de la classe sans regarder ses amis.

Quand il arrive chez le directeur, M. David est au téléphone et la secrétaire est en train de mettre un diachylon sur le genou d'un petit de la maternelle. Mme Leroux ne prend pas la peine de demander à Paulo pourquoi il est là. Paulo est un habitué.

— C'est la directrice adjointe qui va s'occuper de toi, l'informe Mme Leroux d'une voix lasse.

Quand Paulo frappe à sa porte, Mme Sienne se lève pour l'accueillir. Elle trébuche sur sa chaise, et des piles de papier volent dans tous les sens.

— Oups! s'exclame-t-elle.

Paulo se précipite pour ramasser les papiers en pensant découvrir des secrets. Il est déçu de constater qu'il s'agit seulement de recettes.

— Assieds-toi, dit Mme Sienne.

Paulo est immobile comme une statue. Il n'en croit pas ses yeux. Une corneille est cramponnée aux rideaux.

— Je vois que tu as remarqué Mortimer, constate Mme Sienne. Ne crains rien, surtout.

— Moi? Je n'ai pas peur d'un petit oiseau, lâche Paulo d'une voix un peu grinçante.

— Cââ! intervient l'oiseau en venant se poser sur le bureau de Mme Sienne.

— Maintenant, dis-moi ce qui se passe, demande la directrice adjointe.

Paulo pousse un soupir de soulagement. De toute évidence, Mme Sienne ne sait rien de son comportement.

— Je n'ai rien fait, ment-il. J'étais au mauvais endroit au mauvais moment, c'est tout.

— Cââ! interrompt Mortimer d'une voix plus forte.

La corneille agite ses plumes et saute sur le bras du fauteuil de Paulo, qui s'écarte autant qu'il peut.

— Que disais-tu? insiste Mme Sienne.

Paulo a la gorge serrée. Il n'aime pas les petits yeux noirs de l'oiseau. Il choisit de se concentrer sur Mme Sienne.

— Je n'ai rien fait, ment-il une deuxième fois. C'est une erreur d'identité.

— CÂÂ!

Le cri de Mortimer fait sursauter Paulo. Cette fois, l'oiseau saute sur sa tête et il n'ose plus bouger. Il n'ose plus mentir non plus. Il n'a plus le choix. Il doit dire la vérité à Mme Sienne.

4

Et le gagnant est...

— Vas-y, Mélodie! crie Lisa pour encourager sa meilleure amie.

Les élèves sont dans la cour de récréation. Mélodie remporte la victoire haut la main dans la course qui l'opposait à Hugo et Karine.

— À qui le tour? propose-t-elle, le souffle court.

Laurent et Lisa font signe que non.

— Tu es trop rapide pour nous, avoue Laurent.

— Paulo voudra peut-être essayer en sortant de chez le directeur, suggère Lisa.

Mélodie tourne la tête en direction de l'école.

— Qu'est-ce qui le retient si longtemps? J'espère qu'il n'a pas trop d'ennuis.

— Le voilà, fait Lisa. Et il n'a pas l'air content.

Paulo rejoint ses amis, qui ont tous les yeux rivés sur lui.

— Qu'est-ce que vous avez à me regarder comme ça? grommelle-t-il.

— Je parie que tu ne peux pas me battre à la course, le défie Mélodie en se croisant les bras.

— Oh oui, je peux te battre, s'empresse de répondre Paulo. D'ailleurs, c'est exactement ce qu'il me faut pour mettre un peu de gaieté dans ma journée. Un gars peut battre une fille, même les yeux fermés.

— C'est idiot! Les filles sont plus rapides que les garçons! tranche Mélodie.

Laurent intervient.

— Il n'y a qu'une façon de régler cette dispute, commence-t-il. Un, deux, trois... Partez!

Mélodie et Paulo partent comme des flèches.

— Plus vite, Mélodie! crie Lisa.

Des filles qui sautaient à la corde s'avancent pour encourager Mélodie. Tous les garçons manifestent leur appui à Paulo.

— Ils vont terminer à égalité! hurle Laurent.

À cet instant précis, un grand faucon noir descend en planant au-dessus de Mélodie et de Paulo.

— Attention! hurle Lisa.

Mélodie veut tellement gagner la course qu'elle ne remarque même pas l'oiseau. Paulo, lui, baisse vivement la tête. Mélodie saisit sa chance. Elle fonce de plus belle et franchit la ligne d'arrivée la première.

— J'ai gagné! crie-t-elle en sautillant de joie. J'ai prouvé que les filles sont plus rapides que les garçons!

Paulo lève le poing en direction de l'oiseau qui s'éloigne.

— Tu n'as rien prouvé du tout, réplique-t-il sèchement. J'aurais gagné si cet oiseau de malheur n'avait pas essayé de me manger les oreilles!

— Paulo a peur d'un petit oiseau, se moque Karine.

— Je n'ai pas peur, nie Paulo. Mais tu aurais dû voir celui qui était dans le bureau de Mme Sienne. Je n'ai jamais vu d'oiseau aussi bizarre.

L'histoire de Paulo n'impressionne pas Karine et les autres enfants, qui s'éloignent tranquillement de la petite bande.

— Mme Sienne garde un oiseau dans son bureau? répète Lisa. Comme c'est étrange!

— C'est une corneille échevelée qui n'arrête pas de crier, précise Paulo. Elle s'appelle Mortimer.

— Quelle bonne idée de garder un oiseau dans son bureau, déclare Mélodie en essuyant la sueur sur son front. Peut-être que Mme Sienne est secouriste d'animaux et qu'elle a sauvé Mortimer.

— Il y a un 911 pour les animaux, maintenant? grogne Paulo.

Lisa pouffe de rire, mais Mélodie est sérieuse.

— J'ai lu un article sur des secouristes d'animaux qui bâtissent des nids pour les faucons sur les toits des édifices, les ponts et les gros rochers, explique-t-elle.

— Pourquoi s'occuper de ces oiseaux stupides? marmonne Paulo.

Mélodie lève les yeux au ciel.

— Parce que les gens qui construisent les villes ont détruit leurs habitats, et qu'ils ont besoin d'un endroit pour vivre, réplique-t-elle.

— Je pense qu'on t'a détruit la cervelle, lâche Paulo. Les oiseaux n'ont qu'à s'en aller ailleurs. Ils n'ont pas besoin d'aide.

— Oh, Paulo, il y a des fois où tu es vraiment exaspérant, soupire Mélodie.

Paulo ouvre la bouche, prêt à rouspéter, quand une main blanche lui serre l'épaule. Pour la première fois de sa vie, il reste sans voix.

5

Le mauvais œil

En apercevant la directrice adjointe, Mélodie fige sur place. Mme Sienne tient sa pierre jaune dans sa main. Les enfants sont captivés par cette pierre rare qui ressemble à l'œil d'un chat et ils n'arrivent pas à la quitter des yeux. Ils ne remarquent pas l'oiseau perché sur une branche du gros chêne.

Lisa a un frisson. Le pendentif de Mme Sienne la terrifie. Elle n'a jamais vu un bijou la regarder auparavant.

— De bons amis comme vous ne devraient jamais se parler de cette façon, remarque Mme Sienne.

Les enfants hochent la tête, sans toutefois quitter la pierre des yeux.

— On le regrette toujours après, continue Mme Sienne. Avant de parler, il faut tourner sa langue dans sa bouche sept fois. Les garçons et les filles doivent toujours être courtois les uns envers les autres.

À l'instant même, Hugo lance un ballon qui manque Paulo de peu. Mme Sienne se tourne vers lui.

— Hugo, fais attention, le prévient-elle.

Hugo hoche la tête, reprend son ballon et court se placer dans la file d'élèves.

— Dépêchez-vous d'entrer, leur conseille Mme Sienne. Vous devez être au gymnase dans exactement sept minutes et trente-deux secondes.

Quand Mme Sienne s'éloigne, Mélodie secoue la tête pour chasser l'œil de chat de son esprit.

— Son pendentif me donne la chair de poule, avoue-t-elle. Je me demande où elle l'a pris.

— Un pendentif étrange pour une femme étrange, commente Laurent.

— Mme Sienne ne connaît pas très bien Paulo. Il ne se tourne jamais la langue dans la bouche avant de parler, pouffe Lisa.

Paulo lui jette un regard noir et s'apprête à riposter. Lisa s'attend à une remarque désagréable, car son ami est un expert dans ce domaine.

Mais, cette fois-ci, Paulo sourit et lui tapote le dos.

— Tu sais, Lisa, ça t'arrive d'avoir raison.

Lisa le regarde comme si un museau de crocodile venait de surgir au milieu de son visage. Elle lui met la main sur le front.

— Est-ce que tu te sens bien? demande-t-elle.

Mélodie s'appuie contre le gros chêne. Paulo ne cessera jamais de l'étonner. Elle ne sait jamais à quoi s'attendre avec lui.

Laurent observe Paulo, lui aussi. Il ne le quitte pas des yeux, même quand les élèves se placent en file pour entrer dans l'école. Il y a quelque chose d'anormal, et Laurent sait exactement ce que c'est.

6
Un grand honneur

— Nous allons faire quoi? s'écrie Paulo.

Il est assis dans les gradins du gymnase avec tous les élèves de troisième année. Mme Lefroy est debout devant eux.

Elle regarde Paulo en fronçant les sourcils et répète ce qu'elle vient de dire.

— Samedi, vous êtes invités à chanter la chanson thème de la cérémonie de remise des diplômes pour les élèves de sixième année. C'est un grand honneur. Nous allons maintenant répéter la chanson.

Les enfants se lèvent et se mettent à chanter :

« Nous t'aimons tellement, école Cartier,
À jamais dans nos cœurs
Ton nom sera gravé... »

Paulo ne chante pas tout à fait la même version. Il a changé quelques mots.

« Nous te détestons, école Cartier,
À jamais loin de toi
Nous espérons rester... »

— Paulo, arrête de faire l'idiot, chuchote Lisa pendant que les autres continuent de chanter. C'est un événement important pour les élèves de sixième année.

— Je me moque de la remise des diplômes, réplique Paulo. Le tournoi de soccer a lieu samedi, et mon équipe compte sur moi.

— Taisez-vous, murmure Laurent à ses amis. Mme Sienne arrive.

— Tu vas avoir des ennuis, prévient Mélodie. Elle a dû entendre ta version de la chanson.

Mais Mme Sienne ignore Paulo et s'avance plutôt vers Mme Lefroy. Elle porte une longue robe noire et soyeuse. Difficile de dire si elle vole ou si elle marche. On dirait presque qu'elle flotte.

FÉLICITAT

— Qu'est-ce que c'est que ce déguisement? demande Paulo.

— C'est une toge, explique Lisa. Tout le monde en porte une lors des cérémonies de remise des diplômes.

— On dirait plutôt une chemise de nuit, reprend Paulo.

Mme Sienne termine sa conversation avec Mme Lefroy et se tourne vers les enfants. Laurent ne quitte pas le pendentif des yeux. Soudain, il sursaute et cligne des yeux. Son imagination est-elle en train de lui jouer un tour ou a-t-il réellement vu l'œil de chat lui faire un clin d'œil?

7
Les sortilèges

Laurent n'est pas très bavard après la répétition. Il ne peut pas s'empêcher de penser au pendentif de Mme Sienne.

— Ça va? s'inquiète Lisa quand ils se retrouvent sous le gros chêne après l'école.

Le soleil printanier darde ses rayons sur eux et une brise agite les feuilles.

— J'ai bien réfléchi... commence Laurent.

— Moi aussi, j'ai bien réfléchi, l'interrompt Paulo. Et je trouve que ce n'est pas juste. On ne devrait pas être obligés d'assister à cette stupide remise de diplômes. Je devais participer au tournoi de soccer, et maintenant, mes projets sont à l'eau. Tout ça, à cause de Mme Maggie Sienne.

Laurent regarde son ami avec de grands yeux.

— Qu-qu-qu'est-ce que tu as dit? bégaie-t-il.

— Tu as bien compris, répond Paulo en donnant un coup de pied dans son sac à dos. On ne devrait pas non plus être obligés de faire des devoirs. C'est la dernière semaine d'école, et Mme Lefroy nous a donné trois pages de problèmes à faire et un livre à lire en entier. Je parie qu'elle va nous donner un test vendredi. C'est ça le sort qui nous attend!

Laurent a la bouche grande ouverte.

— Un s-s-sort? bégaie-t-il.

— Tu vois, tu es d'accord avec moi, reprend Paulo en mettant la main sur l'épaule de Laurent. Ce serait moins pire s'il pleuvait, mais regardez-moi ce beau ciel bleu. C'est la journée idéale pour un entraînement de soccer. Tant qu'à faire, j'aimerais mieux qu'il tombe des clous.

Lisa repousse une mèche blonde.

— Tu devrais essayer d'être plus positif, lui conseille-t-elle. Tu te plains tout le temps.

— C'est vrai, ajoute Mélodie. Tu devrais savoir que ça ne sert à rien de se plaindre.

— Paulo n'est pas toujours négatif, intervient Laurent. Il n'a insulté personne cet après-midi!

— Il n'a insulté personne? lance Mélodie. Paulo est né grossier. Il n'arrête pas de nous insulter.

— Pas depuis que Mme Sienne lui a parlé, explique Laurent. Rappelez-vous ce qu'elle a dit : avant de parler, il faut tourner sa langue dans sa bouche sept fois et toujours être courtois.

— Hé, ça rime! lance Lisa.

— Alors, vous avez deviné, vous aussi? veut savoir Laurent.

— Deviné quoi? demande Paulo.

— Grâce à toi et à ce que tu viens de dire, j'ai fini par comprendre.

— Tu es aussi logique que la corneille de Mme Sienne, lâche Paulo.

— Justement. C'est parfaitement logique. Mme Sienne n'est pas une directrice adjointe du tout. C'est une magicienne!

8

Les « devinettes »

Mélodie sourit. Lisa pouffe de rire. Paulo, lui, se laisse tomber par terre en riant aux éclats.

— Mme Sienne ne peut pas être magicienne, parce que les magiciens ne portent pas de toge, déclare Lisa.

— Lisa a raison, dit Mélodie. Les magiciens ne secourent pas les animaux sauvages non plus.

— Et ce ne sont certainement pas des filles! lâche Paulo.

Mélodie se penche au-dessus de lui.

— Qu'est-ce que tu veux dire? demande-t-elle, l'air furieux.

Paulo se relève.

— C'est simple. Les magiciens sont forts et ils exécutent toutes sortes de tours de magie, comme Merlin dans le temps du roi Arthur. As-tu déjà entendu parler d'une magicienne dans les histoires?

Mélodie pince les lèvres et se met les mains sur les hanches.

— Les filles peuvent faire les mêmes choses que les garçons. Elles peuvent être médecins, avocates ou astronautes. Elles peuvent battre les garçons à la course. Elles peuvent aussi être magiciennes.

— Elles ne peuvent pas être magiciennes ou devins, mais elles peuvent être des « devinettes », la taquine Paulo.

— Si Mme Sienne veut être magicienne, elle peut l'être! insiste Lisa.

Laurent s'interpose encore.

— Nous ne voulons pas que Mme Sienne soit une magicienne, lance-t-il. Et ça n'a rien à voir avec le fait qu'elle est une femme.

— Mme Sienne n'est pas une magicienne parce que les vrais magiciens n'existent pas, recommence Paulo. Mais s'ils existaient, ce serait pratique d'en avoir un à portée de la main. Pensez-y, d'un simple coup de baguette magique, tous nos devoirs disparaîtraient!

Laurent regarde ses amis.

— C'est vrai, mais réfléchissez. Que savez-vous des magiciens?

— Ils préparent des potions, répond Lisa.

— S'ils existaient réellement, ils diraient des formules magiques, suggère Paulo.

— Ils utilisent des boules de cristal et des pierres magiques, ajoute Mélodie.

— Les magiciens font de la magie avec toutes ces choses, admet Laurent. Ils parlent aussi aux animaux. Ils peuvent même les obliger à exécuter leurs tours à leur place.

Un *Câû* sonore interrompt les enfants. Perché haut sur une branche, Mortimer agite ses plumes et penche la tête.

— Câû! crie-t-il encore avant de déployer ses ailes et de s'envoler vers l'école.

— Pensez-vous qu'il va dire à Mme Sienne que nous savons qu'elle est magicienne? s'inquiète Laurent d'une voix rauque.

— Bien sûr que non. Mortimer est une corneille ordinaire, déclare Paulo.

— Non, tu as tort, dit Laurent d'une voix tremblante. Mortimer n'est pas une corneille du tout, et Mme Sienne n'est pas une directrice adjointe ordinaire!

9

Un nom magique

— Si Laurent a raison, les magiciens ont le pouvoir de transformer les gens en animaux... commence Lisa. Oh, non! Est-ce que *Morti*, ça peut venir de *Mortimer*?

Mélodie hoche la tête.

— Oui, *Morti* est un diminutif de *Mortimer*.

— Si Mme Sienne est réellement magicienne, elle a peut-être changé le pauvre Morti en vieille corneille, avance Lisa.

— C'est possible, admet Laurent. Les magiciens ont le pouvoir de transfiguration.

— Je ne vois pas le rapport qu'il y a entre un transistor et une vieille corneille, rouspète Paulo.

— Pas *transistor... transfiguration*, corrige Mélodie en secouant la tête. C'est quelque chose de bien différent.

— La transfiguration, c'est l'art de changer une chose en quelque chose d'autre, explique Laurent. Un magicien qui aimerait le pouvoir pourrait s'emparer d'une ville entière en changeant tous les habitants en animaux. Ensuite, il se servirait d'eux pour exécuter ses plans diaboliques. Je pense que c'est exactement ce que Mme Sienne a l'intention de faire. Et la cérémonie de remise des diplômes, c'est l'occasion rêvée pour elle d'arriver à ses fins.

— Tu as vraiment besoin de vacances, lâche Paulo en secouant la tête. Tu as perdu la boule.

— Non, je sais de quoi je parle, reprend Laurent. Mme Sienne a transformé le pauvre Morti en corneille-espion. Elle nous soupçonne de connaître la vérité, et c'est pour ça qu'elle nous surveille.

— C'est vrai que ses lunettes font paraître ses yeux plus gros, dit Mélodie. Penses-tu que ce sont des lunettes magiques exprès pour nous espionner?

Laurent hoche la tête.

— Oui, mais elle a plus d'un tour dans son sac. Elle se sert aussi de son pendentif pour nous espionner. C'est son mauvais œil.

Lisa se serre les bras et frissonne.

— Sa pierre jaune a l'air d'un gros œil qui suit chacun de mes gestes.

— Vous ne trouvez pas qu'elle a un nom étrange? demande Laurent.

— Maggie n'est pas un nom si rare que ça, répond Mélodie. J'ai une tante qui s'appelle Maggie.

— C'est vrai que ce n'est pas un nom rare, continue Laurent, mais ça le devient si tu le dis avec son nom de famille.

— Maggie Sienne, dit Lisa.

— Il faut le dire plus vite.

— Maggie Sienne, Maggie Sienne, répète Mélodie de plus en plus vite, jusqu'à ce que les deux mots ne fassent plus qu'un. MaggieSienne.

— MAGICIENNE! hurle Lisa. Son nom ressemble à *magicienne*!

— C'est ça. C'est évident, conclut Laurent.

— Ce qui est évident, dit à son tour Paulo, c'est que mes trois amis sont devenus fous.

— Et si Laurent avait raison quand il dit que

Maggie Sienne a l'intention de s'emparer de l'école Cartier le jour de la remise des diplômes? insiste Lisa.

— Laurent a tort, réplique Paulo. C'est impossible de changer une personne en oiseau, et un directeur adjoint ne peut pas être un magicien, surtout si c'est une femme. Mme Sienne n'est pas une magicienne, et elle ne peut pas forcer quelqu'un à faire quelque chose contre son gré.

— Vraiment? Alors, dis donc à Mélodie qu'elle est stupide! lâche Laurent.

— Avec plaisir, déclare Paulo avec un petit sourire en coin.

Il se tourne vers Mélodie, ouvre la bouche, mais aucun son n'en sort.

— Tu vois! Mme Sienne t'a jeté un sort, et tu ne peux plus insulter tes amis, constate Laurent.

Paulo se cache le visage dans les mains.

— C'est horrible! C'est épouvantable! C'est la fin du monde! Il faut arrêter cette « devinette » au plus vite! s'écrie-t-il.

— Au contraire, je pense que c'est extraordinaire, dit Lisa en riant. Paulo ne peut plus nous insulter! Qui va s'en plaindre?

— Lisa a raison, admet Mélodie. Ce serait bien plus agréable à l'école si Paulo n'insultait plus personne.

Laurent saisit le bras de Lisa et celui de Mélodie.

— N'oubliez pas que son pouvoir ne s'arrête pas là, déclare-t-il. Elle pourrait tous nous changer en corneilles.

Lisa regarde ses doigts et imagine des plumes à leur place.

— Je n'aimerais pas être un oiseau. J'ai peur des hauteurs, dit-elle.

— Alors, il faut l'arrêter si on ne veut pas finir perchés sur cet arbre, conseille Laurent en frappant le tronc du gros chêne.

— Minute! Tu sautes aux conclusions. Rien ne prouve que c'est une magicienne, objecte Paulo.

— Il n'y a qu'une façon de le découvrir, répond Laurent. Nous allons la suivre jusque chez elle après l'école. Je vais vous prouver que c'est une magicienne diabolique qui veut s'emparer de l'école Cartier et de toute la ville!

10

Maintenant ou jamais

Le lendemain, les quatre amis s'efforcent de bien se conduire. Ils ne veulent pas attirer l'attention de Mme Sienne. Même Paulo est plus calme, si on exclut le bruit qu'il fait en buvant son lait au dîner.

Après l'école, ils attendent, cachés, la sortie de Mme Sienne. Le soleil est déjà bas dans le ciel quand la directrice adjointe quitte enfin l'école. Elle transporte une grosse pile de livres. Elle traverse le stationnement et se dirige vers le parc municipal.

— C'est maintenant ou jamais, lance Laurent.

— Je choisis jamais, dit Paulo.

Laurent ne prête pas attention à son ami. Il suit Mme Sienne en prenant soin de rester dans l'ombre. Lisa, Mélodie et Paulo le suivent de près.

Mme Sienne donne l'impression de flotter sur le sentier qui borde l'étang aux Chouettes. Tous les enfants connaissent l'étang, et certains prétendent qu'un monstre vit dans ses eaux troubles.

— J'espère qu'elle n'entrera pas dans l'étang, murmure Mélodie. Même à quatre, nous ne pourrions jamais combattre un monstre et une magicienne diabolique en même temps.

Paulo lève les poings.

— Je m'en charge. Je vais leur pocher les yeux.

— Tais-toi si tu ne veux pas finir comme Morti, prévient Laurent.

Lisa inspecte les buissons et les plantes rampantes au bord de l'étang.

— Le mauvais œil! s'exclame-t-elle d'une voix aiguë en montrant des buissons enchevêtrés.

Dans la pénombre, quatre yeux jaunes brillants les regardent.

Mélodie s'avance plus près et pousse un soupir de soulagement.

— Ce sont seulement deux chats, dit-elle d'un ton rassurant.

En effet, deux chats, un noir et un gris, sortent

des buissons et disparaissent dans la pénombre.

Les enfants suivent Mme Sienne jusqu'à un petit chalet isolé au bord de l'étang. Dans la cour arrière, une remise s'appuie contre un grand arbre.

— Vite, cachez-vous! s'écrie Laurent.

Ils courent se cacher pendant que Mme Sienne entre dans la remise. Elle en ressort peu de temps après, traverse la cour et entre dans le chalet.

— Qu'est-ce qu'elle fait, d'après vous? finit par demander Mélodie.

— Elle cuisine et tricote des chaussons de bébé, déclare Paulo en levant les yeux au ciel.

— Je me demande ce qu'il y a dans la remise, dit Laurent après quelques minutes.

— Il n'y a qu'une façon de le savoir, répond Paulo.

Sans perdre une minute, Paulo court jusqu'à la remise. Laurent le suit de près. Mélodie et Lisa échangent un regard.

— On ne devrait pas entrer là, observe Lisa.

— Tu as raison, mais j'y vais quand même, décide Mélodie.

Lisa pousse un soupir et suit son amie. Paulo ouvre lentement la porte de la remise et tous jettent un coup d'œil à l'intérieur. La petite pièce sent l'humidité et la poussière. Lisa balaie de la main une toile d'araignée tissée dans l'embrasure de la porte. Un rayon de soleil éclaire faiblement l'intérieur.

— Est-ce que tu entres? demande Laurent à Paulo.

— C'est toi qui veux savoir ce qu'il y a à l'intérieur, signale Paulo d'un ton brusque. Vas-y toi-même.

— Après toi, insiste Laurent en donnant une petite poussée à Paulo.

Paulo n'a pas le temps de faire un pas de plus. Un cri perçant résonne dans l'obscurité.

— Cââ! crie Mortimer en s'envolant d'un arbre tout près.

— AAAAAAHHHHH! crie Lisa en poussant Mélodie.

Mélodie se cogne sur Laurent. Laurent chute sur Paulo. Paulo tombe dans les ténèbres de la remise.

Lisa, Mélodie et Laurent l'aident à se relever.

— J'ai eu une peur bleue, gémit Lisa.

— Si l'oiseau t'a fait peur, attends de voir ça, dit Paulo en regardant sous une toile.

— Qu'est-ce que c'est? murmure Laurent en fermant la porte de la remise.

La seule lumière de la pièce provient d'une petite fenêtre.

Paulo écarte complètement la toile. Lisa se remet à crier, mais Mélodie la fait taire en lui couvrant la bouche de la main.

La petite bande est devant une rangée de cages. À l'intérieur de chacune, un animal les regarde. Il y a au moins une douzaine de rats, plusieurs lézards,

trois serpents et un gros crapaud.

Laurent s'approche.

— Regardez, il y a un nom écrit sur chaque cage, murmure-t-il.

Mélodie lit la fiche fixée à la cage d'un lézard.

— « Justin : déteste les épinards ».

— « Louis : ne suit pas les directives », lit à son tour Lisa sur l'aquarium d'un serpent.

Paulo s'approche de la cage d'un gros rat.

— « Barbara : n'arrête pas de bouger », lit-il.

— Ces animaux sont plus que de simples animaux, marmonne Laurent. Ce sont des élèves qui viennent d'autres écoles. Mme Sienne les a changés en animaux!

— Seulement ceux qui ont eu une mauvaise conduite, précise Lisa. Les fiches indiquent ce qu'ils ont fait de mal.

— Je n'aime pas ça, dit Mélodie.

— Sortons d'ici, souffle Paulo.

Il fait demi-tour pour sortir, mais il est trop tard.

LOUIS : NE SUIT PAS LES DIRECTIVES
BARBARA : N'ARRÊTE PAS DE BOUGER
JUSTIN : DÉTESTE LES ÉPINARDS
GRAINES

La porte s'ouvre dans un coup de vent. Le chat noir et le chat gris se précipitent à l'intérieur. Ils ne sont pas seuls. Mme Sienne les suit.

11

« Paulo : dérange toujours les autres »

— Je vois que vous avez trouvé mes pupilles, constate Mme Sienne.

— Vos pupilles? répète Laurent d'une voix rauque. Parlez-vous de vos yeux?

Mme Sienne éclate de rire.

— *Pupilles* dans le sens d'*élèves*, précise-t-elle. J'appelle mes animaux mes pupilles parce que je leur enseigne des tours d'adresse.

Mme Sienne fait claquer ses doigts. Mortimer entre dans la remise et atterrit sur la tête de Paulo.

Mélodie pouffe de rire. Mme Sienne secoue la tête.

— Mortimer est un nouveau venu, explique-t-elle. Il n'apprend pas très vite.

Elle fait claquer ses doigts encore une fois, et Mortimer se pose sur son épaule.

— J'aime mes animaux, confie-t-elle. Ils sont beaucoup plus attentifs que les humains. Mais je suis certaine que vous, vous êtes toujours obéissants, n'est-ce pas?

— Excusez-nous d'être entrés dans votre remise, dit Lisa d'une voix faible. Nous partons tout de suite.

Les enfants sortent en vitesse et courent jusque chez Mélodie.

— Fiou! s'exclame Mélodie lorsqu'ils sont en sécurité dans la véranda. On l'a échappé belle. Je pensais que Mme Sienne allait nous changer en oiseaux.

— Mais non, tu exagères, déclare Paulo. En tout cas, j'aimerais bien avoir un rat qui sait faire des tours d'adresse. Je me demande si ma grand-mère serait d'accord.

— Tu pourrais devenir un de ces rats si tu ne fais pas attention, prévient Laurent.

— Sur la cage, on pourrait lire : « Paulo : dérange toujours les autres », ajoute Lisa.

— En parlant de déranger, j'ai bien l'intention d'en profiter demain, annonce Paulo. C'est la dernière semaine avant les vacances, un moment idéal pour ça.

— Non! s'écrie Mélodie. Si Mme Sienne est réellement une magicienne, tu es fichu!

— Il faut que tu sois sage, ajoute Laurent, parce que, si j'ai bien compris, Mme Sienne peut exécuter ses plans diaboliques uniquement avec des enfants désobéissants. Si nous sommes tous sages, elle devra quitter l'école Cartier pour trouver d'autres candidats à transformer.

— Être sage, ça veut dire s'ennuyer, affirme Paulo. Moi, j'ai l'intention de m'amuser!

Le lendemain, Paulo passe à l'action. Il ne fait pas ses travaux. Il chante durant le cours d'arts plastiques et dessine durant le cours de musique. En éducation physique, il joue au soccer au lieu de jouer au basket-ball. Finalement, le vendredi après-midi, l'entraîneur l'envoie chez la directrice adjointe. On ne le revoit pas du reste de la journée.

12

Paulo le rat

Après l'école, Mélodie, Lisa et Laurent l'attendent longtemps sous le gros chêne. Pas de trace de Paulo.

— J'espère qu'il ne lui est rien arrivé, dit Mélodie.

— On le saura demain matin à la cérémonie de remise des diplômes, répond Lisa.

Mais, le lendemain matin, Paulo n'est pas à la cérémonie. Durant le discours de Mme Sienne, Lisa est très nerveuse.

— Elle a peut-être changé Paulo en rat, chuchote-t-elle à l'oreille de Mélodie. Il a peut-être des moustaches au lieu de ses taches de rousseur.

— À mon avis, ce serait une amélioration, lance Mélodie en riant.

Lisa, elle, n'a pas du tout envie de rire. On dirait même qu'elle va se mettre à pleurer.

— Allons voir au bureau de Mme Sienne, suggère Laurent quand le gâteau et le punch sont servis. On trouvera peut-être un indice qui va nous renseigner sur ce qui lui est arrivé.

Les enfants quittent la salle et longent le couloir sur la pointe des pieds. Ils ouvrent doucement la porte du bureau de Mme Sienne et trouvent... une pièce vide.

— Il n'y a plus rien ici! gémit Lisa. Qu'est-ce qu'elle a fait de Paulo?

— Il est peut-être dans sa remise, suggère Mélodie.

— Il faut aller voir, décide Laurent.

Les enfants s'apprêtent à quitter les lieux, mais ils n'ont pas le temps d'aller bien loin.

— Que faites-vous, les enfants? leur demande M. David en grattant son crâne chauve.

— Nous... euh... nous cherchons Mme Sienne, ment Lisa.

— Désolé, Mme Sienne a quitté l'école tout de suite après son discours, explique le directeur. Elle ne reviendra pas. Elle est partie à une autre école, loin d'ici.

— Partie? répète Mélodie, la gorge serrée.

— Savez-vous où elle est allée? s'informe Lisa d'une voix inquiète.

— Non, elle est partie sans laisser d'adresse, répond M. David. Mais vous êtes gentils de vous informer à son sujet. Elle me disait justement qu'il n'y a que de bons enfants à notre école.

— Merci, dit Laurent en baissant la tête.

Les amis marchent jusqu'au chêne sans rien dire.

— On dirait bien que notre plan a fonctionné, constate Mélodie. On a réussi à se débarrasser de Mme Sienne.

— Oui, mais Paulo a disparu, ajoute Lisa d'une voix triste. On ne le reverra peut-être jamais.

Laurent s'assoit dans l'herbe.

— Chose certaine, aussi longtemps que je vivrai, je ne laisserai plus mon père installer des pièges à rats, déclare-t-il.

— Même si Paulo aimait nous taquiner, c'était un bon ami. Je ne peux pas croire qu'il a disparu, avoue Lisa, une larme roulant sur sa joue.

Mélodie aussi a les larmes aux yeux.

— S'il revenait, je le laisserais peut-être gagner une course, avoue-t-elle.

— Ce ne sera pas nécessaire, intervient Paulo qui s'approche. Je peux te battre les yeux fermés.

— Paulo! s'écrie Lisa. Tu n'es pas un rat!

— Non, répond-il en riant. Mais je suis un champion.

Il lève un trophée de soccer à bout de bras.

— Ma grand-mère m'a laissé jouer dans le tournoi de soccer, explique-t-il. Elle a dit que je m'étais engagé à jouer et que l'équipe comptait sur moi.

— Nous pensions que tu avais été changé en rat par la magicienne, confie Laurent.

— Quelle magicienne? demande Paulo.

— Mme Sienne, bien sûr, répond Mélodie.

— Je vous ai dit que ça n'existait pas, les magiciennes, dit Paulo en levant les yeux au ciel.

— Oui, ça existe! réplique Mélodie d'un ton brusque.

Elle s'élance à la poursuite de Paulo.

— Oh, non, ça recommence! dit Lisa en soupirant.

— Je ne sais pas vraiment ce qui s'est passé aujourd'hui, fait remarquer Laurent en secouant la tête. Je ne sais pas si les magiciennes peuvent aussi être directrices adjointes. Je ne sais même pas si les magiciens portent une toge. Mais je suis certain qu'il faut plus qu'une magicienne pour que Paulo se tienne tranquille!